AF249770

LE BARDE,

SUR

LES BORDS DU SUND.

PARIS,

15 NOVEMBRE 1807.

LE BARDE,

SUR

LES BORDS DU SUND.

LE CHEF DES BARDES.

Pourquoi te promènes-tu, pensif et solitaire, sur la plage humide ? Tout repose autour de nous ; le dogue fidèle, étendu près du chasseur, laisse respirer sa proie ; le pêcheur retiré dans sa cabane, oublie et ses hameçons et sa nacelle légère ; l'obscurité de la nuit couvre de ses voiles les rives du Sund ; à peine la lune répand sur les flots une lueur incertaine ; dans leur course rapide, les nuages ramènent à chaque instant vers nous les ombres de nos aïeux. Viens-tu, selon l'usage antique des Bardes, converser avec ces ombres magnanimes ?.... Des pleurs couvrent ton visage..... Pourquoi ces regards portés au loin sur la mer ? Odin n'a pas ordonné aux orages de soulever l'onde bouillonnante ; nul infortuné, luttant contre les vagues, ne sollicite notre secours.

UN BARDE.

Peux-tu l'ignorer, ô Chef des Bardes ! C'est

ici que j'ai vu mon père succomber sous les fils d'Albion. Les cruels! ils vouloient la honte des enfans des Cimbres. L'héritier de l'intrépide Valdemar a rassemblé à la hâte ses guerriers. Le Sund ébranlé par mille bronzes d'airain, s'est troublé jusqu'en ses abîmes. La victoire a trompé notre courage ; des flots de sang ont coulé avec les flots de la mer. Mon père est mort ici dans mes bras, et ses derniers cris appeloient la vengeance sur nos ennemis pern fides. Ces pierres grisâtres indiquent sa tombe au chasseur ; le cyprès qui l'ombrage, atteste mes sombres regrets ; puisse-t-il être un jour le témoin de ma fureur ! puissé-je un jour sur cette tombe et chère et funeste.....

LE CHEF DES BARDES.

Oublions, ô Barde ! l'égarement de nos amis. Le sang des enfans des Cimbres sans doute a coulé ; ils ont fait à leur tour couler celui de leurs agresseurs. Nous avons cédé noblement; mais depuis, tu le sais ainsi que moi, les fils d'Albion nous ont prodigué leurs caresses. Par combien d'égards, de soins, ils ont voulu expier cet injuste excès de leur puissance ! Nos vaisseaux naviguent sans crainte au milieu de leurs flottes nombreuses, et quand le terrible Odin déchaîne les tempêtes, leurs pilotes trouvent dans nos

ports un asyle assuré contre sa fureur. Nos guerriers ont souvent marché sous leurs drapeaux , et
plus d'une fois ils ont fixé la victoire incertaine. Sortis d'une même origine , les enfans
des Cimbres et les fils d'Albion doivent former
un peuple de frères. Reviens au milieu des
Bardes ; célèbre avec eux les héros des temps
passés. Déjà l'aurore commence à dorer le som-
met des collines ; les ombres de nos aïeux se sont
retirées sur leurs humides brouillards. Reviens
au milieu de nous ; chante, si tu l'aimes mieux,
la terre antique des Cimbres ; dis ces tours superbes qui semblent braver la foudre , nos cités
florissantes au sein d'une longue paix , nos
champs couverts de moissons ; dis surtout ces
masses immenses qui , semblables au coursier
docile , obéissent à la main qui les conduit ; dis,
ô Barde ! ces remparts mobiles , notre orgueil et
notre confiance.

L E B A R D E.

Ma harpe reste muette , ô Chef des Bardes !
elle est étendue à côté de ma couche solitaire ;
malgré moi , de tristes présages m'occupent.
Terre infortunée des Cimbres , je vois, chaque
nuit, tes palais embrâsés : chaque nuit l'ombre
de mon père m'apparoît sanglante, et ses longs
gémissemens arrivent jusqu'au fond de mon
ame. Mes yeux se sont-ils trompés ; je vois la

la mer blanchir au loin d'écume ; une flotte
nombreuse sillonne les flots ; elle s'avance avec
la rapidité de l'oiseau qui fond sur sa proie du
haut des airs ; ce sont les fils d'Albion, ô Chef
des Bardes. Quels forfaits nouveaux ont-ils mé-
dités ? Ils approchent, et tu es sans terreur ! O
terre des Cimbres ! serois-tu encore souillée par
leur présence ?

LE CHEF DES BARDES.

Ta douleur t'emporte ; ils vont porter des
secours au Chef des Dalécarliens. Ce jeune
guerrier a eu l'imprudence de braver le grand
peuple. Sans doute, ils vont partager ses périls.
Leurs secours, depuis longtemps attendus, tra-
versent enfin nos mers. Déjà l'Europe indignée
s'étonnoit de tous ces retards ; leurs vaisseaux
nombreux accourent à la défense de leur allié ;
ils auront l'honneur d'avoir retardé sa chûte.

LE BARDE.

Leurs vaisseaux nombreux m'effrayent ; oc-
cupés de leur sordide intérêt, peuvent-ils, ces
insulaires farouches, connoître l'amitié ? Ils
savent armer des bandes d'assassins, ou bien
ils envoyent à leurs alliés quelques bataillons
épars, quelques hordes de vils mercenaires. Ils
versent de l'or, et ils épargnent leur sang.
Demande aux enfans du nord, aux fils de l'Au-

triche, s'ils ont jamais vu les fils d'Albion, réunis sous leurs drapeaux, affronter, à leur exemple, le fer acéré des lances. Ces héros que l'Elbe a vus fuir précipitamment le long de ses rives, bornent leur ambition à des triomphes faciles ; tels ces animaux odieux, l'effroi des troupeaux, qui se retirent à l'aspect des dogues. Crois-moi, ô Chef des Bardes ! tu dois soupçonner des projets sinistres.

LE CHEF DES BARDES.

Que peux-tu craindre ? veux-tu qu'à la faveur de la paix, les fils d'Albion surprennent une ville sans défense ? Ils savent que docile à leurs conseils, notre Chef a porté ailleurs ses guerriers. Pourroient-ils attaquer en nous leurs amis, leurs frères , nous qui leur restons presque seuls dans ce vaste continent ? Ce forfait affreux n'a pu entrer dans leur ame.

LE BARDE.

Il s'agit d'un crime ; je les crois d'avance coupables. Je crains d'écouter mes tristes pressentimens ; mais si la ruine des enfans des Cimbres peut servir leurs projets , elle est déjà résolue. Sans cesse attaché à sa proie , ce peuple brigand peut-il céder à un sentiment d'honneur ? Sa cupidité veut des esclaves ou sème la destruction. Eh ! quelles armes employe sa politique farouche ? L'or, la trahison remplacent dans ses mains le fer des braves. O peuple brigand ! Pourquoi n'es-tu pas repoussé de l'Europe ? Va, cours retrouver dans les Indes les monstres que tu surpasses en fureur ; mais déjà ils ont abordé sur le rivage ; leurs cris affreux ont fait retentir les rochers, leur envoyé s'avance.

L'ENVOYÉ DES FILS D'ALBION.

Abandonnez vos demeures, vos ports, vos vaisseaux ; je viens vous les demander comme un gage de votre amitié pour nous. Si vous hésitez un moment, mille bronzes enflammés vomiront sur vos cités l'épouvante et le carnage. Des monstres accourus du haut de nos montagnes, massacreront devant vous et vos enfans et vos femmes. Tel seroit le prix d'une résistance peut-être honorable, et que nous avons su rendre inutile.

LE CHEF DES BARDES.

Que demandez-vous, cruels ? Vous ne craignez pas de lancer votre foudre impie sur un peuple sans défense !

L'ENVOYÉ.

Notre gloire, notre sûreté l'ordonnent, il faut obéir ; enfans des Cimbres, abandonnez vos ports, vos vaisseaux, qu'une prompte obéissance vous donne des droits nouveaux à notre amitié.

LE BARDE.

Votre politique vous ordonne ces crimes! Quel est donc ce peuple qui ne peut exister que par des forfaits? Tels sans cesse affamés de carnage, les monstres affreux de la Lybie remplissent leurs antres des débris sanglans de leurs victimes. Ces rives, n'aguères témoins de vos fureurs, ont déjà retenti de nos imprécations. Hélas! vous étiez alors généreux! Que reprochez-vous à vos plus fidèles alliés?

L'ENVOYÉ.

Ils pourroient un jour se joindre à nos ennemis. Malheur à quiconque excite nos craintes! Il faut qu'il tombe abattu à nos pieds. Regarde l'heureux habitant des bords du Tage; docile à nos volontés, il nous abandonne et ses fertiles moissons et ses vins délicieux, tranquille au milieu de ses campagnes, il reçoit de nous, à son tour. . . . .

LE BARDE.

Des fers et la honte. Tel est le sort que vous réservez aux enfans des Cimbres. Des enfans, des vieillards, dont les mains débiles peuvent à peine soutenir la lance, quelques cohortes

restées sur ces bords n'arrêteront pas , sans
doute , les efforts de vos nombreux bataillons ; mais , crois-moi , nous saurons mourir.
Lâches ! indignes d'habiter la terre qu'illustra
Fingal , pourquoi fuyez-vous les nobles périls
des guerriers ? L'Europe ébranlée par vous jus-
jusqu'en ses fondemens , a vu revivre les héros des temps passé. Parmi ces noms glorieux
n'osez-vous prendre une place ? Allez affronter le
grand peuple. Répandues sur toute la terre , ses
légions offrent un champ vaste à votre courage.

L'ENVOYÉ.

Je plains , ô Barde ! ton erreur ; qu'à la tête
de ses légions menaçantes , NAPOLEON , Chef
d'un grand Empire, brave les dangers et les fa-
tigues de la guerre pour l'honneur de donner
la paix au monde ; que sous ses armes redouta-
bles s'écroulent les royaumes de nos alliés ; qu'à
sa voix d'autres états s'élèvent au sein de l'Europe ; qu'il règne au loin par la grandeur de ses
exploits ; qu'il sache honorer ses amis , et qu'il
leur abandonne les dépouilles des guerriers vain-
cus ; les fils d'Albion veulent exercer un autre
empire ; ils règnent par l'or. Notre honneur
consiste dans le pillage ; tes yeux grossiers ne
peuvent apercevoir ces conceptions hardies qui
nous assurent le succès et nous éloignent du
péril.

LE BARDE.

Tes mains agitent la lance, et tu tiens ce langage! Le plus horrible brigand accable, sans la tromper, sa victime; il se respecte encore dans son avilissement, et il rougiroit de descendre à tant de bassesse !

L'ENVOYÉ.

Enfans des Cimbres; j'ai parlé, il faut obéir.

LE CHEF DES BARDES.

Aux armes, enfans des Cimbres; repoussez d'odieux oppresseurs qui, fiers de leur nombre, enhardis surtout par l'éloignement de vos légions, viennent envahir ces murs et vous proposer votre honte. Défendez vos familles contre leur fureur; craignez que leurs cohortes ne foulent d'un pied sacrilége la tombe de vos ancêtres. Que diront les nobles enfans des Gaules, s'ils vous voyent céder lâchement ? Opposez la rage aux efforts de ces perfides; que vos mains embrâsent elles-mêmes ces demeures qui pourroient offrir un asyle à leur courage prudent; qu'ils n'aperçoivent partout que des décombres ou des bras armés par la vengeance. N'osez-vous résister aux guerriers qui ont fui devant le Bosphore ? les ombres de vos aïeux vous contemplent. Odin prépare dans son palais la coupe qu'il destine aux braves. Aux armes, enfans des Cimbres, accourez à la défense de vos murs ; déjà le signal est donné à vos indignes agresseurs. Un chef farouche marche devant eux. C'est l'étranger que nous avons arraché aux flots en furie. A peine sorti de nos remparts , il conduit ses homicides cohortes à travers ce même rivage où nous avons accueilli sa misère. Déjà leur coupable airain vomit la mort ; un nuage épais obscurcit le jour; mille globes enflammés parcourent l'espace , ils se brisent en éclats sur nos demeures ; des torrens de feu nous environnent de tous côtés; nos maisons fumantes n'offrent plus que des ruines. Les tours les plus élevées s'écroulent avec fracas. Bardes, soyez sans terreur. L'ame du brave s'agrandit au milieu des dangers. Quels sont ces enfans , ces vieillards expirant au milieu des flammes? Où fuis-tu , jeune infortunée? La mort vole partout dans l'espace. Arrête! elle tombe ensevelie sous les ruines mêmes de l'air. Son fils erre en vain autour d'elle. Ses cris appellent sa mère qui ne l'entend plus ; enfin étendu sur elle , il cherche à la ranimer. Bardes, emportez ce jeune enfant, cachez-le dans vos antres solitaires. Elevé dans la haîne contre les fils d'Albion, cet enfant un jour vengera la terre des Cimbres. Qu'il porte à son tour chez nos ennemis l'épouvante et la destruction.

L E B A R D E.

L'obscurité diminue , ô Chef des Bardes ! Quelles scènes d'horreur et de désolation ! Des vapeurs sanglantes vont partout se joindre aux nuages et enveloppent nos aïeux d'un voile lugubre. O terre antique des Cimbres ! qu'est devenue ta splendeur ? Maintenant , veuve de ta gloire , vas-tu servir sous des maîtres orgueilleux ? Déjà tes vaisseaux captifs fendent tristement les flots. Tu pleures , Odin , sur les successeurs de tes guerriers. Mais que peut le courage contre le nombre et la trahison ? Au moins notre sang versé nous acquitte envers l'honneur. Hâtez-vous , cruels , de jouir de cet horrible forfait. Hélas ! tout porte l'empreinte de nos infames spoliateurs. Leurs mains avides ont même arraché au pauvre l'humble toit qu'avoient respecté leurs foudres ; l'asyle consacré à l'humanité souffrante n'a pas été à l'abri de leur dévastation ; les plaintes , les gémissemens des infortunés se sont élevés avec nos cris vers le Ciel. Puisent-ils être entendus ! Hâtez-vous d'emporter toute votre proie. Ils vont bientôt revenir , les guerriers que votre lâche politique avoit éloignés de nos murs ; fuyez leur courroux , craignez qu'ils ne vous rendent fureur pour fureur ; leur Chef intrépide s'avance à leur tête ; il vous punira d'avoir trompé sa franchise. Hâtez-vous de fuir ; ce ne sont plus des enfans, des femmes expirant au milieu de vos nombreux bataillons ; il vous faudra combattre des guerriers. Les vainqueurs d'Iéna peuvent arriver dans nos campagnes. Fuyez ; mais quel fruit retirerez-vous de tant de perfidie ? ils viennent enfin de se dévoiler vos affreux projets. Rien n'est sacré à vos yeux : les lois, l'honneur, les sermens ne sont pour vous que de vains noms. Prenez-garde, insensés ! ils arriveront les jours de la vengeance. Nous avons perdu quelques vaisseaux, mais notre haîne nous reste. Des forêts entières vont descendre dans nos ports et couvriront la mer de vaisseaux. L'univers indigné demande votre châtiment. O rives de la Plata, les maîtres superbes de l'Inde demandent des fers à genoux. Le Nil a vu les lances dorées des fils d'Albion se briser contre les phalanges des Arabes. Les dominateurs insolens des mers n'osent franchir le Bosphore. Peuples de la terre, marchez contre ces insulaires parjures ; pour les vaincre, il suffit de les approcher. Mais pourquoi souiller vos mains de leur sang odieux ? Etablissez entre eux et vous une barrière d'airain. Qu'exilés sur toutes les mers, ils ne puissent approcher de vos demeures. Qu'errant sur les flots au gré des vents irrités, ils voyent sans cesse devant eux ou le désespoir ou la mort! Que des feux jaillissant du sein des eaux s'unissent à la foudre pour les dévorer! Que le vaste abîme, s'entrouvrant sous leurs vaisseaux embrâsés, engloutisse à jamais les fils d'Albion et leurs richesses criminelles!